萬卷文庫 ⑲

五陵少年

余光中

新版序

在出版的順序上，「五陵少年」是我的第六本詩集。文星版初版於五十六年，後來文星書店歇業，五十九年底，我還在丹佛客座的時候，傳記文學社又把它編入「愛眉文庫」內印行。近年來「愛眉文庫」久已絕版，讀者蒐購不便，乃改交大地出版社印行新版。我右手繆思的第六胎孩子，有這麼一段淒楚的身世。但願姚宜瑛女士善待六郎。

「五陵少年」裏的三十多首詩，都是四十九年初春到五十三年初夏之間的作品。那四、五年間，我的作品既多且雜：有新古典風味的小品，早在五十三年便收入了「蓮的聯想」，而一些實驗性的長篇，例如「氣候」、「大度山」、「憂鬱狂想曲」、「天狼星」，則要等到六十五年才收入洪範版的「天狼星」一書。

那幾年正是我風格的轉型期。大致說來，「蓮的聯想」（寫於五十一年夏天至五十二年春天）以前是我的現代化實驗期，到了「蓮的聯想」，便算是進入新古典期了。可是早在四十九年底，本集「圓通寺」一詩的分段形式和語言風格，已經露出了「蓮的聯想」的先機，而晚至五十二年四月，緊接在「蓮」集之後，我竟又寫出「憂鬱狂想曲」這麼飛揚跋扈的詩來。甚至到了五十三年初夏，在「蓮」集之後一年多，還有「史前魚」這麼玄想的作品。可見一個人詩風之變，絕非抽刀斷水，揮戈回日那麼爽快，而是欲進還退，作反覆之馳突，呈廻旋之發展。

本集各詩的來龍去脈，在舊版的「自序」裏早已約略自剖過了，不必贅述。不過在十四年前，許多詩人仍然戀戀於西化文風之際，此集却以「五陵少年」這麼鮮明的古典形象命名，足證我回歸古典的決心。而標題之作「五陵少年」一首，寫於四十九年秋天，竟已有這樣的句子：

我的怒中有燧人氏，淚中有大禹
我的耳中有涿鹿的鼓聲

現在同顧起來，也還虎虎有生氣，不用「自悔少作」。隨便指摘現代詩全盤西化的人，也許應該坐定下來，好好閱讀以往的文獻吧。

七十年仲夏於廈門街

自序

納入「五陵少年」的這三十四首詩，完成於四十九年初春到五十三年初夏之間，也就是說，都是我留美回國後迄赴美講學前那一段日子的作品。五年間寫的詩，當然不止這些。其中一些新古典風的抒情詩，一些「現代詞」，已經收進了「蓮的聯想」。一些長詩，例如「天狼星」、「氣候」、「大度山」、「憂鬱狂想曲」等，將輯成另一個集子。

這三十四首作品，當初發表時，有的在全國性的大報，例如「聯合副刊」，有的在讀者僅百人的 élite 刊物「藍星詩頁」；雖是同一個繆思所生，而所適或顯或微，遭遇甚不相同。例如其中「香杉棺」、「月光光」幾首，頗爲讀者所知，而「吐魯番」、「恐北症」幾首，在「蓮的聯想」的讀者之中，恐怕連聽都沒人聽說過。現在這些東飄西泊的孩子，一齊回到母親身邊，且住在同一個封面之內，這種喜悅，只有母親自己才能領受了。

不過，這些孩子的個性也眞不同。我的詩集之中，恐怕再找不出第二種像「五陵少年」這麼風格龐雜的了。「五陵少年」之中的作品，在內涵上，可以說始於反傳統而終於吸收傳統，在形式上，可以說始於自由詩而終於較有節制的安排。早一點的幾首，像「敬禮，海盜旗！」「吐魯番」、「五陵少年」、「燧人氏」、「天譴」等，或狂，或怒，或桀野，或淒厲，都有那麼一點獨來獨往的氣概。晚一些的，則漸漸緩和下來，向不同的方向探索。「圓通寺」是一個方向。「香杉棺」是一個方向。「黑雲母」又是一個方向。「圓通寺」應該是一個重要的轉變：那種簡樸的句法和三行體，那種古典的冷靜感，接通了去「蓮的聯想」之曲徑。最後幾首，像「黑雲母」、「史前魚」、「月光光」，已經展示一種漸趨成熟的圓融感。我常常想：如果那時我不出國，也許繼續發展下去，與目前的風格將不很相同。

因爲在二度赴美的前夕，我感覺自己在散文的創作上也漸漸有點 eureka 的跡象。我的詩和散文，往往有一胎二嬰，一題二奏的現象。例如一個嬰孩的夭逝，倒映在詩上，是「黑雲母」，在散文上，便成爲「鬼雨」了。同樣地，「香杉棺」便是「中國的良心——胡適」的折射；「馬金利堡」是「塔阿爾湖」的前奏；「史前魚」是「阿刺伯的勞倫斯」的倒影。自從開始現代抒情散文的創作以來，面臨一個題材，左右手的繆思往往要爭論許久，才決定究竟應該由左手的繆思或右手的繆思去處理。如果決定是用散文，則我將喘一口氣，懷着輕鬆而寬容的心境欣然啓程，知道此行是一種跳傘的下降，順風，且必然着陸。相反地，如果決定用詩，我必定緊張而且恐懼，因爲已經抵達喜馬拉雅之麓，擧目莫非排空的雪峰，知道此去空氣愈高愈稀，踏脚之地愈高愈少，美麗與危險成正比例。

藝術家對於自己風格的要求，似乎可以分成兩個類型。一是精純的集中，一生似乎只經營一個主題，一個形式。另一類是無盡止的追求，好像木星，樂於擁有十二個衞星。雷努瓦、莫地里安尼屬於前者；畢卡索屬於後者。我的個性也傾向後者。同時，我更相信，凡是美，凡是眞正的美，只要曾經美過，便恒是美，不爲另一種美所取代。在這樣的信仰下，我寫了「吐魯番」，也寫了「圓通寺」，創造了「史前魚」，再創造「月光光」。我不願站在「吐魯番」那邊，說「圓通寺」太古典；或是站在「圓通寺」這邊，說「吐魯番」太猛烈。我是藝術的多妻主義者。

關於個別的作品，有幾篇應該交代一下。「四谷怪譚」原來是一張日本電影的片名，內容非常怪異。「圓通寺」是作者母親骨灰寄存之地，現在那一撮灰已經在碧潭落土。「恐北症」中所說的書齋，供我寫作已達十四年，我的大部份作品皆在其中完成；惟此室北向，爲陽光所不及，我在「書齋・書災」一文中戲呼之爲「背日葵」。「第三季」是意外之作：當時我編「藍星詩頁」，準備出一期女詩人專號，安排良久，仍缺一首，便虛擬了這麼一篇，以聶敏的筆名，在蓉子和夐虹之間，秘密地公開出來。聶敏者，匿名也。也許這名字裏隱隱約約地有一個好靈好靈的女孩子，也許那首詩，以一個初叩詩壇之門的女孩子而言，也算寫得不壞了，總之，發表以後，曾令某些有鬍子的詩人蠢蠢不安。夢蝶，介直，周鼎諸漢子對「她」的賞識之中，似乎透出一點非非之想，甚至有人寫「第五季」相和。這也可以算做編輯的一種份外的樂趣了。因記於此，免得有人控我竊據女詩人作品。「蜜月」一首，有意無意間，要跟康明思別別瞄頭，才發現這種「文字的立體主義」(verbal cubism)，到底是那位詩壇頑童的特技，不容易超越的。「瞥」原名「不祥九行」，曾發表於「文星」，最近重新改寫。「黑雲母」實有其物，是一種有白紋的礦石，可以暗示夜空，而黑母也可以暗示不幸的母親。「月光光」在皇冠發表時，原名「恐月症・戀月狂」。現改今名，比較吻合詩中童謠的味道。我自己相當喜歡這首如歌的詩，因爲它的自然和神秘，因爲它的接近本能，因爲它一個典故和專有名詞都沒有用所以是「超文化的」。「凱旋式」雖有先天性的缺陷，我仍然對它有一點溺愛，數割而仍予保留。「重上大度山」是我在東海大學開現代文學那一年寫的。詩中的小葉是葉珊，聰聰是少聰，當時兩位情人都在那班上。至於「星空、非常希臘」一行，曾被一些頭腦密不通風的鄉下人指指點點了很久；在三月份的「幼獅文藝」上我已經略略談過這問題，不想在此浪費時間了。

五年，不算太短的日子。當我寫「五陵少年」最早的幾篇作品時，好幾枝犀利的詩筆，黃用的筆，望堯的筆，仍非常多產。到我寫其中最後的幾篇時，那幾枝筆早已擱下來了。這眞是何等可惜的事。所謂「頭腦外流」，非但科學界如此，文學和藝術也是一樣。近十年來，我國有不少潛力富厚的詩人和小說家，飄蓬散萍般流在海外，嚴重地減弱了國內現代文學運動的力量。新人雖然不斷出現，間亦不乏儁才，但大致說來，模仿仍多於創造，文字的感覺也似乎愈來愈粗，並不能補償前人所遺的空缺。時常，我想念四十六、七年的那一段日子，那一段色彩絢燦的小規模的盛唐，那時，臺北盆地盛着好豐滿的春天。

那個美好的季節，並沒有維持得多長。原因固然很多，但是最重要的一個似乎是：理論的負荷壓倒了創作，演成喧賓奪主之勢，以致作者們忙於適應所謂現代主義的氣候，而未能表現自己內在的生命。許多詩人，爲了要服現代主義的藥丸，而裝出咳嗽咳得很不輕的樣子，咳久了之後，也就成了習慣了。對於一個詩人，最重要的問題是：我有怎樣的經驗，我該怎樣去表現那種經驗；而不是別的詩人有怎樣的經驗，怎樣去表現，以及要做一個現代詩人就應該如何如何等等。企圖用理論來支配創作，是愚蠢的，因爲在這種情形下，創作必然僵化，甚至窒息。至於生吞活剝，而欲將自己也沒有消化的外國理論加在詩人們的頭上，爲害的程度就更嚴重了。詩人們如果能够多讀生命，少讀詩，或者多讀詩，少讀理論，或者，讀理論而不迷信理論，那就是創作的幸福了。

五十六年四月十六日
廈門街鬧書災的書齋

目錄

坐看雲起時

坐看雲起時，秋之曇日屢目我
以白眼與青睞。　我遂遙念阮籍
念他每行至第三世紀的窮途
輒慟哭如我，如我坐在
不知江南是什麼的相思樹下，看雲起時
看雲起時，善變的太空能作青白眼

看今之白我者，昔曾青我以晴朗
看雲起時，誰在作青白眼
我並未慟哭，並未慟哭如魏人
我適行到水窮處，疑無路
遂坐看雲起，測風的方向

雲起時，一切在變，宇宙在作壁上觀
觀曇的幻想如何成形，如何合，如何分
如何自無中生有，如何善遁
當我閉目看一隻歸鳥
如何泳入盪胸的層雲
當夢跌碎在玻璃鏡面，自泰山

四十九年一月十六日

敬禮，海盜旗！

呼嘯而來，呼嘯而去的是我們
豪華的大客廳瞪我們以憤怒的眼鏡
以雙眼鏡，以單眼鏡，以哈巴狗的瞳仁
一位貴婦當場昏厥，找不到嗅鹽
而小公主，小王子們都哭了
說童話被我們踩碎了，拼不起來
而我們不負責這樣的悲劇

呼嘯而來，呼嘯而去的是我們

把公爵夫人的襯裙撕下來
把她的畫眉筆畫一面髑髏旗
把刺花紋的手臂量宮娥們的腰
且袒露胸前的虬毛，向那些處女
揭掉伯爵的假髮，拭我們的彎刀
讓他的禿頂終於水落石出
輪流吸他的鼻烟，做一個鬼臉
同時展覽卵石一般的白齒
這樣的悲劇恕我們不負責收場
呼嘯而來，呼嘯而去的是我們

官兵不來，喬治王的官兵動作很慢

要穿整齊制服，要戴正盔
要穿起花裙子，吹起接新娘的風笛
當上流社會在這裏降半旗
且升起我們的髑髏和交叉的枯骨
且倒飲香檳，跳一次蒙面舞
然後去藍色的沙漠中流浪，去鯨魚的大街
闖紅燈，去公海上刼萬國的官船
呼嘯而來，呼嘯而去的是我們

陪我們的獨臂船長跳一個水手舞，夫人
是的，浪你的百叠裙成一個溺舟的漩渦
你的金髮裏有令人開胃的海草
卽使多情的拜倫踅過來挑戰
我們也準會踢跛了他的韻脚

別流淚，小娘子，我們是鹽裏長大的
你眼中的那點鹹鹹不死我們
眼淚瓶，白蘭地，香巾，「卿卿，卿卿！」
代我們收拾這可笑的悲劇
當我們呼嘯而去，如我們呼嘯而來

四十九年一月十三日

吐魯番

最後有不可抗拒的疲倦來襲
純黑色的虛無貓踞在我們臉上
讓紅水銀在血系中退潮
經歷着大決堤後的寧靜
就這麼擱淺在平面的死亡
我們殉情，且並肩陳屍

夜原是立體的，雖然時間在鼠蝕
星在屋頂上佈哨，且傳着口令
我們在屋頂下製造潮濕
使一切能膨脹的都膨脹起來
席夢思吐魯番着我們

用這種不耐煩的手勢
扔開嫘祖的藝術，衣着洪荒
原始林的瘴氣使我們迷惑
且交換體溫，磨擦燧石
企圖將一切生命連根拔起
企圖先酖死對手，然後自酖

血這種液體是最容易煮開的

已經在彼此的酒精燈上
點火，且煽動紅海的澎湃
合上你的百睫窗，我也能嗅出
慾的焦味，而白煙微透
自所有開敞的汗孔

至少可以忘記地下的潮濕
用你的潮濕證明你是雌性的動物
至少可以忘記蛆的凌遲
用白熱烙着佔有的標記
忘記僵冷，忘記空眼眶的黑視
生存着，在絕對可靠的現在
在另一個肉體內忘記這肉體

當脊椎動物在行星反面用着太陽
或是在建築物內用人造的月色
當他們集體在錶面上推磨
在不同的輪子上服着尼古丁
在不同的拉鍊裏向外張望
用眼睛駕駛郊遊的雲

四十九年二月二日

大度山

這用很高曠，沒有長長的街
喋喋不休，跟在我背後
天狼星比臺北更近
至少，打領帶的那些動物
很少在山上作祟

每夜我們都愛散步

可是總忘記戴上帽子
雖然空氣很薄
而流星也很猖獗

澗中盛着許多大卵石
盤古的鷄蛋，總在那裏
我去孵了整整一個下午
半隻靈感也孵不出來

中午很靜，子夜很吵
天河的水聲常令我失眠
有時候，你會發現
光年是一把短短的尺

可是睡懶覺是不可能的
一大清早，太陽那厮
就儘在山坡下大聲喊我
去玩，去呼吸藍色

四十九年二月於大度山

占星學

沒有什麼可怕的，小情人
四月來時，誰的睫毛不濃得成陰
且遮住幢幢的歲月
不祥的美召喚着，我們跟隨着
我們是一對够頑固的賭徒
雖然預感，雖然一直在預感
最後的牌底覆蓋着不幸

左右曈的占星學都很美
不必再校對　何況你的小手正握着
握一掌難解的宿命論
終是星斗不移，掌紋不改道
悲劇的版權不屬於我們

明日我們的愛情將很遼廓
如瀚海，如用非常誘人的
蜃樓與海市做花邊的浩瀚
我們的愛情是不戴指環的

看暮色彎下腰，拾走你的背影

四十九年三月廿八日

放逐季

傳聞繆思仍流落於江湖
沒有報紙正式登她的消息
仙人掌是沙漠的逃犯
一九六零之秋是放逐，不是收割
踏死靈感，沒有人會彎腰檢拾

我們的煩惱加重郵差的負擔

限時專送送不走許多問題
嗟乎，欲驅憂鬱如猿之捫蝨
竟愈捫而愈多。　十三張撲克牌
比全部的哲學史更見效

無論如何，也不能把巴士站牌
幻想成一株可愛的菩提樹
況且衡陽路明明沒有人乘麒麟
況且碧潭明明沒有木蘭舟
你以爲警察不沒收李白的酒壺

十三妹中不可能有喬治桑
咖啡館到底不是沙龍
再窮也當不掉身後的銅像

要讀神話就去讀拜倫的傳記
當暢銷小說大量供應着愚蠢——

當秋風起自每一根關節
當碎葉在我們肺裡跳芭蕾
當驕傲燒前額爲火成岩
當我們把絕望淤塞在盲腸
把不良的營養咀嚼成藝術

四十九年八月

四谷怪譚

遂警覺壁上的假面具已經
伴我讀完大半部
謀殺故事。　聊齋夜，鼠黨在鼓譟
說我犯他們的幫規

水缸邊，該有隻褻瀆的老蝸牛
在星光浴，伸着觸鬚
白眉毛的月倒掛在屋簷下
授三千年的巫術

給一頭世故的盲貓

四谷怪譚，三K黨
聊齋夜，聯想，聯想，聯想
當一陣風無端地躍起
神經質的楓樹咳一聲乾嗽
壯壯膽

而萬一果然有一片陰影
落下，在翻開的書面，果然一隻
石灰色的瘦削的臂
一張交白卷的臉，一個
無齒光的笑

四十九年八月

九月以後

據說我們就淪陷給秋季
就患得患失，就坐在背風的樹陰
用郵票的白齒咀嚼遠方
每天且發明一種新的迷信
因爲不祥也是一種美

據說所有被歷史罰站的銅像

一過九月都恢復矜持
最好戴一頂不醒目的帽子
最好和高跟鞋保持點距離
漂亮的女孩不戴你的戒指

何不枕一卷有插圖的魯拜集
乘末班的晚雲去訪波斯
何不塑一尊側影，在基隆
看純乳色的大郵輪曳着嫋嫋
把誰的憂煩載去美國

恐月是巫女，星是刺客，恐一過九月
太陽的小賬就擲得很吝嗇
把四壁都飾滿了向日葵

也不一定能辟邪。夜在百葉窗後
獰窺你手中的偵探小說

四十九年九月十三日

颱風夜

一部够厚的福爾摩斯，一細舊信
一枝燭，一斗煙，一盒阿司匹靈
我的準備是萬無一失的
當古屋的關節在隱隱作痛
蚊蚋把牆角讓給了秋
當暴雨宣布全市的戒嚴
而所有的罅隙都吹起警笛

當你的鄰居打電話問你
問你在牀上看什麼禁書
當太平洋上，紋身的水族
在跳祭神舞，繞着一些船桅的圖騰

四十九年九月

五陵少年

颱風季，巴士峽的水族很擁擠
我的血系中有一條黃河的支流
黃河太冷，需要滲大量的酒精
浮動在杯底的是我的家譜
喂！　再來杯高粱！

我的怒中有燧人氏，淚中有大禹

我的耳中有涿鹿的鼓聲
傳說祖父射落了九隻太陽
有一位叔叔的名字能嚇退單于
聽見沒有？　來一瓶高粱！

千金裘在拍賣行的櫥窗裏掛着
當掉五花馬只剩下關節炎
再沒有週末在西門町等我
於是枕頭下孵一窩武俠小說
來一瓶高粱哪，店小二！

重傷風能造成英雄的幻覺
當咳嗽從蛙鳴進步到狼嗥
肋骨搖響瘋人院的鐵柵

一陣龍捲風便自肺中拔起
沒關係，我起碼再三杯！

末班巴士的幽靈在作祟
雨衣！我的雨衣呢？六蓆的
榻榻米上，失眠在等我
等我闖六條無燈的長街
不要扶，我沒醉！

四十九年十月

第三季

第三季，第三季屬於簫與豎笛
那比丘尼總愛在葡萄架下
　數她的念珠串子
紫色的喃喃，叩我的窗子

太陽哪，太陽是遲起的報童
扔不進什麼金色的新聞

我也不能把憂鬱
扔一隻六足昆蟲的屍骸那樣
　扔出牆去

當風像一個饞嘴的野男孩
掠開長髮，要找誰的圓頸
我欲登長途的藍驛車
　向南，向猶未散場的南方

四十九年十月

時間的問題

果然從一則鬼故事中回來
建築物已零亂如塚，車站牌已碑立
末班巴士已絕跡如恐龍
嘔完全部的罵人藝術，一酒徒頓悟
有一張空牀在等待着誰
於是街怔怔地伸着一條清明路
結局豁然，奈何惡兆皆靈驗

絕望中我欲說：「時間太遲！」

而仰面，光年之外，一座大吊鐘在旋轉

說時間不遲，也不早，無所謂遲

無所謂早。　天河之口是天河之源

盤古的複眼交霎着，但從不全部閉起

四十九年十一月

恐北症

季節就有這樣的蒼白，不知春天
會不會胎死腹中？
爲何我小書齋的窗皆北向？
爲何每夜，每夜當病貓在風中厲嘶
我的壁畫遂幽幽亮起
在小熊座的燐火光中
北極星是愛斯基摩的老族長

與宇宙同壽。　整夜我淸脆地聽
聽愛斯基摩人用鯨骨刀
向他的白鬍鏗鏗敲落許多冰柱
整夜我想——

明年春天總該爲自己
蓋一座四面都朝南的花房：
於是從星期日的奢侈中醒來
聽太陽坐在我的屋頂上呼喊
喊向日葵們向右看齊，向左看齊
而開敞的落地長窗外
色彩們在喋喋爭論，鷓鴣鳥在遠方
以一管法國號的喃喃
催眠性感的雲

四十九年十二月四日

圓通寺

大哉此鏡！看我立其湄
竟無水仙之倒影
想花已不黏身，光已暢行

比丘尼，如果青鐘銅叩起
聽一些年代滑落蒼苔
自盤古的圓顱

塔頂是印度的雲，塔底是母親
啓骨灰匣，可窺我的臍帶
聯繫的一切，曾經

母親在此，母親不在此
釋伽在此，釋伽不在此
釋伽恆躲在碑的反面

佛在唐，佛在敦煌
諾，佛就坐在那婆羅樹下
在搖籃之前，在棺蓋之後

而獅不吼，而鐘不鳴，而佛不語

數百級下，女兒的哭聲
喚我回去，回後半生

四十九年十二月

燧人氏

燧人氏是我們的老酋長
當他瞋目決眥，鬚髮倒指
他的舞恒向上，他的舞
恒向上

饑了，食一座原始林，一個羅馬城
和幾乎是秦始皇厭恨的全部文化

復舐噬夜的肝臟，在太陽太陽之間
挾黑暗而舞，復撻她，踏她，踢她
燧人是我們的老酋長。 在衆神之中
　　他是最達達的

我們也是達達的
我們是新蠻族，我們要
開闢一個新石器時代，一個
剛孵化的橢圓形宇宙
擎火炬，吶一聲喊，吶一聲喊
看我們肩起火神，在一顆
　　死了的星上

五十年二月

馬金利堡

姑仰臥在此。　氣候非常夏天
白色的幾何形聊爲分割
南呂宋的大半個下午
以及用低緯度織就的
那一種抒情的藍

雲竟昂首，在現代建築的背後

看我們野餐
餐四月的印象主義
遂覺靜有三百六十度，用睫毛揮出
我的午夢是圓心

成排的十字架們在聽着
當鷓鴣在公墓的那邊數着念珠
當風景躺下來陪我小憩
被催眠的空氣中
金合歡的髮簪無所謂地墜着

竟任許多營陌生的靈魂
在大理石壁上陷得更深
雷伊泰灣在遠方夢寐

仍是雲外有雲，羣島之外有羣島
任沉艦的銹魂在南中國海底
作祟，當颱風起時

註：馬金利堡（Mc Kinley Fort）在馬尼拉郊外，是處有二次大戰時美軍在菲陣亡將士紀念碑，全以大理石砌成，上刻三萬餘死者姓名，公墓中有三萬餘白色十字架。

五十年四月廿五日於馬尼拉

冰島

不能解凍
雖然也通過太陽的單軌
此地的一年等於一季

坐厭了緯度的長板凳
只好僵立成企鵝
在回歸線南，在回歸線北
春天來時

蝴蝶尋不到小喬的墓土

文壇究竟有多大
還是多小，可容忍多草立錐
立在虛無的冰岸上
誰的男中音能維持到下一次春分
而饑兮不能餐琳琅的列島
渴，不能飲淺淺的海峽

日不昇之國，烏托之邦
笑是罕至的破冰船
——只來過一次，很尖
那是當我們無意擅落，在街上
聖人學會一會員的假髮

五十年六月

天譴

如果出發，自黑暗的圓心
那就無所謂天譴或者不天譴

蓋有星座落下，必有星座昇起
自從上次
參加最後一位天使的葬禮回來
就得到這種結論

過了夏至就等秋分
等秋以五馬將我分屍
夜，將我鴉啄

一截斷了的迷信
虹僅是虹，不通向什麼
暴風雨之下，最宜獨行
電會記錄雷殛的一瞬
凡我過處，必有血跡
一定，我不會失蹤

五十年七月二日

重上大度山

姑且步黑暗的龍脊而下
用觸覺透視
也可以走完這一列中世紀
小葉和聰聰
撥開你長睫上重重的夜
就發現神話很守時
星空，非常希臘

小葉在左，聰聰在右
想此行多不寂寞
燦亮的古典在上，張着洪荒
類此的森嚴不屬於詩人，屬於先知
看諾，何以星隕如此，夜尚未央
何以星隕如此

明日太陽照例要昇起
以六十哩時速我照例要貫穿
要貫穿縱貫線，那些隧道
那些成串的絕望
而哪一塊隕石上你們將並坐
向攤開的奧德賽，嗅愛琴海

十月的貿易風中，有海藻醒來
風自左至，讓我行你右
看天狼出沒
在誰的髮波

五十年十月十二日

遠洋有颱風

發現自己，在印象派的午後
陽光將側面鬆爲橘黃
小杜在膝上，海在望中
如果一頁頁存起
這種小陽春的天氣可以
編一册晚唐

一時大氣酣然，雲亦頹然
岩下的藍有千尋的恬然
這該是波浪的假期，水族何優然，鷗何翩然
十月在我的鬢間和肺裏
遠洋有颱風來，赴島的約會
氣象圖上
有一枝矢尖，指我們的方位

合上詩集，合不上憂鬱
我有不隨流放的悲哀
當無果花落在伊利諾易
落磯山頂，誰在眺長安？　過了九月
沒有鴿來自湄公之湄
啣玫瑰城陷落的消息

當蛛網封鎖欲傾的詩壇
九繆思坐在吹倒的月桂上哭泣
遠洋有颱風，啊，遠洋有颱風
無處歸隊，天使的羽族倦了
各自埋臉在斷翼下孵夢
氣象台說
遠洋在製造颱風

後記：一九六一的詩壇是荒涼的。沒有新的名字可以填補許多空白，黃用在伊利諾易，望堯在西貢，夏菁於八月底去了科羅拉多，阮囊流落南部。這是晚唐時期，連小杜也沒有的晚唐。眼看這種 unicorn 即將滅種了，奈何！

五十年十月十三日，記於臺北

登圓通寺

用薄金屬錘成的日子
屬於敲打樂器
不信，你可以去叩地平線

這是重陽，可以登高，登圓通寺
漢朝不遠
在這聲鐘與下聲鐘之間

不飲菊花，不佩茱萸，母親
你不曾給我兄弟
分我的哀慟和記憶，母親

不必登高，中年的我，即使能作
赤子的第一聲啼
你在更高處可能諦聽？

永不忘記，這是你流血的日子
你在血管中呼我
你輸血，你給我血型

你置我於此。　災厄正開始

未來的大刼
非鷄犬能代替，我非桓景

是以海拔千尺，雲下是現實
是你美麗的孫女
雲上是東漢，是羽化的母親

你登星座，你與費長房同在
你同對流層之上
而遺我於原子雨中，呼吸塵埃

五十年重九，三十四歲生日

狂詩人

——興酣落筆搖五嶽　詩成嘯傲凌滄洲

欲修波希米亞的家譜
在莎翁子
和蘇髯等長老之間

已向西敏寺大教堂預約
一個角落
作我的永久地址

一CC派克墨水的藍色
可以灌溉
好幾個不毛的中世紀

飲眞靈感，如飲純酒精
即隨地吐痰
也吐出一道虹來

興至，登巴納司之巔朗誦
一首新作
所有的星都回首瞪我
我的狂吟並沒有根據

偶然的筆誤
使兩派學者吵白了頭

走下大街，憔悴，而且襤褸
拄筆如杖
而批評家們吠逐於背後

寫我的名字在水上？　不！
寫它在雲上
不，刻它在世紀的額上

秋天，穿過霓虹的虛榮市
我不是誰
我的咳嗽被市聲溺斃

五十年十月廿五日

植物園

——懷夏菁、望堯、黃用

聽秋天的下午斜向黃昏
科學館也斜着，向古代
秋天的建築物都有點像蜃樓
我的耳也斜着，向遠方

一切距離都伸得很長
兩端是更長，更長的眼睛

我的觸鬚也伸得很遠
幾乎觸及無聊的邊境

殘梗戟指着一個夏天
荷葉的幽靈神經質地夢着——
夢一些蜻蜓的複足
夢夏的陣雨敲多少黑鍵

看荷池的眸子噙多少委屈
畢竟這是秋季，航空信的秋季
鳥在風中，風在水上
國際郵簡在厚厚的雲上

五十年十二月廿八日

懷夏菁

雲摺疊着陰天。　萬噸墨藍
在遠方轟擊大陸
也在我脚下呼吸

握一枚白淨的貝殼
不聽海神的螺號角
聽你的消息

和二女兒比賽扔卵石
我的一塊總沉重些
且不易擲出

女孩們爭拾着寄生蟹
用太小的花絹包起
算海的禮物

而我的蟹呢，我的海呢？
去問母親
她答我以冷却的骨灰

遂發現自己已經是父親

至少有三個女孩
如此喚我，齊仰起陌生的眼睛

雖然地中海已藍了好幾千年
雖然雷達偵不到人魚
我已是逾齡的神話讀者

仍迷信自己的迷信，迷信着美
坐在石門下
看石門洞開，海在洞外，你在海外

五十一年四月七日於石門

蜜月

——給仍是新娘的妻

蜜月是檸檬黃色，但比檸檬
甜
　而且更圓，像你無名指戴的
結婚指環

而且從不鬧月蝕（從不鬧日蝕
　　　　　　　　也不鬧分蝕
　　　　　　　甚至秒蝕）

且將我們圈在（裏面
直徑一英寸的天國
將世界圈在）外面，如一圈光輪
像一座珊瑚島（空心而玲瓏）
我仰泳着
在你的笑上
在珊瑚礁中
當然沒有鯊魚
只有人魚
張千臂纏我
你是章魚
島上有含羞草，有食人樹

還有檸檬（蜜月是檸檬汁
而且更甜，當蜜月正圓）

其實（你笑）橢圓也可以
例如鴿子蛋
擁抱你和我，你和我擁抱
　到不分蛋白蛋黃

你仍是新娘，你仍是新娘
如果你愛我，你可以把蜜月
　　　　　　　　延長——
到七十歲（像你的白髮
像我的白鬢）那樣的短

五十一年四月廿四日

啊，春天來了

啊，春天來了
北半球的麻雀們又上學了
一大清早，太陽就送報
就把晴朗扔在你枕頭上了
春天是一種國際運動
公開走私着大批薔薇
連海關和郵政局長也奈何她不得

長城下，無人來飲馬
春一直遠足到嘉峪關去
射翻了單于
自殺了李廣
鵰寂寞地飛着，草隨隨便便地綠着

一艘翩翩的巡洋艦巡弋
在地中海，那姿態很帥
十三點五分
聲納報告艦長
（讀希臘詩解悶的艦長）
Aye, aye, Sir,
剛泳過一隊水神，不穿比基尼

這種消息誰都知道
基隆港的水手們都知道
老鐵錨知道，我家的貓也知道
蚯蚓知道，我的鞋底
　比我更知道
連隔壁的老處女也常發脾氣了

而紐約港上，聯合國的外交官們
站在玻璃大厦多風的窗口，說
　用美麗的法文
　用更美麗的中文
　用唱歌劇的意大利文說
「啊，春天來了！」

遂有幾位不負責任的代表
竟穿窗而出
穿着他們的燕尾服燕子般地飛囘國去了

五十一年四月廿八日於東海大學

註：Aye, aye, Sir 為英國水兵對長官的稱呼。

春天，遂想起

春天，遂想起
江南，唐詩裏的江南，九歲時
採桑葉於其中，捉蜻蜓於其中
（可以從基隆港回去的）
江南
小杜的江南
蘇小小的江南

遂想起多蓮的湖，多菱的湖
多螃蟹的湖，多湖的江南
吳王和越王的小戰場
（那場戰爭是够美的）
　逃了西施
　失蹤了范蠡
失蹤在酒旗招展的
（從松山飛三小時就到的）
　乾隆皇帝的江南

春天，遂想起遍地垂柳
　的江南，想起
太湖濱一漁港，想起

那麼多的表妹，走過柳堤
（我只能娶其中的一朵！）
走過柳堤，那許多表妹
　就那麼任伊老了
　任伊老了，在江南
　（噴射雲三小時的江南）

即使見面，她們也不會陪我
陪我去採蓮，陪我去採菱
即使見面，見面在江南
　在杏花春雨的江南
　在江南的杏花村
　（借問酒家何處）
何處有我的母親

復活節，不復活的是我的母親
一個江南小女孩變成的母親
清明節，母親在喊我，在圓通寺

喊我，在海峽這邊
喊我，在海峽那邊
喊，在江南，在江南
　多寺的江南，多亭的
江南，多風箏的
江南啊，鐘聲裏
　的江南
(站在基隆港，想——想
想回也回不去的)
　多燕子的江南

五十一年四月廿九日午夜

香杉棺

盛中國人最美麗的樣品
盛着新聞，盛着歷史
六尺的香杉木何幸運

撫隔音的棺蓋，有異樣的震顫
逆手指而上，逆神經而上
震落一滴晶晶的悲哀

因此中臥北京最大的敵人
當他呼吸，半個中國懼
半個中國哭，當他瞑目

蓋棺論定，而目不瞑，而目不瞑
如中山陵上，孫中山失眠
當鼠黨鼓噪，蟑螂分食着殘星

必焉待黃河澄清，老人星升起
必焉渡臺灣海峽
始有鼾聲自兩岸揚起

而五四已駝背，新青年已老

你的心臟已罷工
中國的心臟病誰來治療？

此際，你浸入歷史的酒精
你不朽，你告別鐘錶
而我們呼吸你昨夜呼吸的風暴

大哉胡適！
覆你以校徽，蓋你以國旗
而不論如何覆蓋
你恆在這六尺之外，和我們同在

五十一年五月六日南港胡適靈堂

瞥

推開　你的睫　兩扇
推開面海的
落地長窗
深呼吸那種
浩瀚的晴美
與藍

但這是燕子的氣候
不屬　於我
不屬　企鵝
不屬　寒鴉
不祥的黑天使
都不屬於

但這種氣候是
喃喃
的氣候是
呢呢
的氣候　愛
從波裏誕生

五十一年五月

凱旋式

打開猤猊鼻穿環的青銅城門
這是凱旋的行列
樂隊長，A大調進行曲
把空氣震出點心臟病來
定音鼓，伸縮號，歐波，喇叭，笛
這土地太女性化，且有瘟疫
且缺乏英雄的血液

這是龍泉劍，這是雁翎刀
它飲過幾千加侖的腥紅
這是長矛，噬過好幾個單于的胸膛
這是痲臉的盾，紀錄着匈奴的矢雨
而這是箭，追鵰的好手
這是咬入岩石的意志
這是旗，和北風摔交的旗

這是駱駝，以四掌量沙漠的面積
這是龍媒，飲長城下的血窟
數數馬齒，比出征時多七枚
這是羌笛，勝利的紀念
要吹？ 向俘虜們學習

這是黃沙，這是大戈壁的樣品
給未見面的孩子做禮品

我們是橫越陰山回來的
我們爲陣亡將士豎一座碑
英雄萬歲，英雄萬萬歲
一千年沙磧的午寐吵醒
被我們雄性的男低音
於是有士兵狠狠地揷矛在沙上
再拔，已化成一株楊柳

五十一年十月二十三日

森林之死

——二月廿六日大雪山所見

曾傘撐三百個夏季，擎千噸的翡翠
曾奮奏西太平洋的颶風
老了，針髮柱立的巨人族
腹中的同心圓都知道

整個下午，大屠殺進行着
滅族的大屠殺在雪線上進行

鏈鋸舂舂，磨動着鋼齒，鋼齒
白血飛濺，自齒隙流下。　殺！
殺十七世紀的遺老！　殺！
殺歷史，殺風景，殺神話！　殺殺殺！

殺！　鬚髮蕭蕭，當鋸，猶傲然昂首
握地，舉天，聳數臂的合抱
悲哉，巨人！　壯哉，巨人！
臨刑，猶森森屹七丈的自尊
綠色帝國的貴族們，頹然倒下
去平原上，舉起明日的華厦
去海上，豎桅，豎檣
豎水手的信仰，水族的圖騰
去曠野架鐵軌的神經

承狂喘的重壓，輪的踐踏與踐踏

白血流下了鋼齒，白血流下
流下了白血，白血，白血
鋼齒鋼齒間流下了白血，自鋼齒鋼齒
流下了白血，自綠色的靈魂

從圓周螆到圓心，圈內有圈
圓內有圓內有圓內有圓
白血流下，自鋼齒鋼齒間
所有的年輪在顫慄，從根鬚
從縱橫的虬髯到颯爽的葉尖
每一根神經因劇痛而痙攣
三百載上昇復上昇的意志，一千季矗立的尊嚴

拔海六千呎，騎雪峯的龍脊更上
那氣象，下一瞬將轟轟瓦解
在族人的巨屍堆中，嘩然倒下
倒下，森林之神的一面大纛

森林之死！　森林之死！
蔽天蔭地，綠塔頂幌幌欲墜
百萬根針錐痛着，絕望中
所有的根鷹抓着岩石。　軋軋震響
幢幢傾斜的，紅檜的靈魂
揮數噸屍體，揮元代的風
揮清代的雷電，和一聲長長長長的厲嘯
向驚惶的石坡絕望地鞭下
廻聲隆隆，從谷底升起

倒下雲杉倒下高高的雲杉倒下
紅檜倒下華貴的紅檜倒下冷杉
倒下寒帶的征服者冷杉倒下
美麗的香杉倒下森林的旌旗

大屠殺進行着，絕壁高高地舉起
悲劇的舞臺。雪峯無言
冷峻的陽光無言，惟鋼鐵勝利
整個下午，原始林在四周倒下
悲嘯呼喊着悲嘯答應着悲嘯

雪花飄落了雪花飄落了雪花
白色的降落傘降落着白色

降落着白色的天使天使般降落

洪荒時，一切是綠色的幻想
在潮濕中竊聽太陽的口號
和春季的謠言。　一陣吶喊
敲破最堅的石英岩，掀開了凍土
雪線上，零度下，將自己拔向雲，拔向星
拔向藍冰空最藍處去讀氣象
當根在七丈下攫一畝冷泥
更錐下，錐入地質的年代與年代
曾享聖經族長三位數的年齡
多少截中斷的歷史。　我跪下
彌留的木香中，數你美麗的年輪

偉大的橫斷面啊，多深刻而秘密
多秘密的年鑑！這一年，鄭成功渡海東來
這一年，太陽旗紅如血，紅得滴血
血滴在海棠紅上！這一年，我戀愛
在一個孤島上，孤島在海外
這一年，這一年……
我死的一年押在哪一圈上，啊森林！

五十二年三月廿四日

黑雲母

——獻給未見亡兒的妻

在黑雲母的太空下，即使焚盡
祭壇千叢的白燭，也照不亮
大壁畫的洪荒。　你的瞳仁
遂抖開切膚切膚的寒芒，金剛石匠
劈破一方方易碎的水晶
（莫掀開你的黑衣裳啊黑衣裳）

水晶墜地水晶墜地啊水晶，停步停步，聽！
千年的石鐘乳，永恆的鬚上滴下了時間
立在光年的廣場上，雕像
聽八方八方的寂寞滙向中央
且聚集在你的睫尖上
（莫掀開你的黑衣裳啊黑衣裳）

讓將要完整的，我說，凝結得更硬
更完整。　寂寞很敏感
用你的鼻尖搔我的耳輪，反覆地說
說原始，說現代，未來，原始，未來
黑雲母的四壁將隱隱約約有廻音
（莫掀開你的黑衣裳啊黑衣裳）

風將從黑雲母的縫中吹來
我將牽你的黑衣裳，恐你吹去
吹去星座空廓的廢墟
當風吹來，從洪荒之外，原始之前
吹你成一則寓言的寓言
（莫掀開你的黑衣裳啊黑衣裳）

你的髮將揚起揚起，且網羅夜空
大熊和小熊將狂舞，在你的髮中
我將埋臉在黑色的急湍裏
任你揚髮如張開千臂
將我的頸項啊纏繞啊纏繞
（莫掀起啊你的緇衣啊緇衣）

咳嗽季，地面只有零落的眼睛，空中
零零啊落落的神話，這是
天文學家讀宇宙的時辰
盜賊的時辰，情人讀牀的時辰
鼠齒鼠齒在貓瞳外噬咬幽靈的邊境
（莫掀起你的黑衣裳啊黑衣裳）

十一月的風中，有裊裊的輓歌升起
你曳着哀慼的長髮，赤足歸來
你踏着遍地的毒菌歸來
眼中濕着悲劇，懷中抱着
一個已經無救的嬰孩
（但莫掀開啊你的黑衣裳啊莫掀開）

莫掀開你的黑衣裳啊黑衣裳！
（卽使踏着遍地的毒菌）
莫掀開你的灰面紗啊灰面紗！
（卽使在黑雲母的太空下，卽使）
莫掀開啊你的黑衣裳啊黑衣裳！
（在黑雲母的太空下）

五十二年十二月二十四日午夜

史前魚

——to Thomas Edward Lawrence

旱海中的死者，臉恆向上
向另一面，更廣濶的虛無
槁唇微張，似猶在祈雨
欲裂的眼眶猶睜着，睜着魚目
史前魚之目啊望不見海洋
祈雨是一種焚心的禱告
向晴得無情的星，多鬚的光芒

多芒刺的光，晦澀而無謎底
遠方有七個空濛的海，這裏有一隻
漂白的魚，在夢中祈雨。沙漠啊
一頁褪色的聖經，一張羊皮紙

在日落與日出之間，我的靈魂
垂斃的猛獸，舐自己的傷痕
影是匍匐的懦夫，不敢向獄卒
向金鬣戟指的火神挑戰
洪水浸漬着史前時代，不肯
濺一滴冰涼到我的額上，這是海的
遺骸，鱗介的水族皆已風化
流盡藍色的韻律，絕望之外
伸展着僵臥的黃沙與黃沙

伸展着公開的迷宮，無迹，無門
透明的籠中，逡巡盲目的靈魂

欲量寂寞的面積，以四隻駝掌
指南針啊，羅盤有多少可能的方向？
當銅鉦盈耳，太陽爐熊熊燒起
暈眩的炎流幻成黃焰，煉意志之丹
遼曠的悲劇院中，我是主角
當弧形的空間懸起，時間漠然俯視
看一個凡人無告地受刑
這裏沒有陪審，除了大荒
除了創世紀的見證，北極老人
這裏沒有廻音，任你拔聲銳嘯
沒有都市會停下來傾聽

當靈魂回到純粹的自己，他就面臨
史前的自然。　沙漠最乾淨
沙漠是童貞男，不肯結婚
海是女性，潮濕而且易孕
但這裏是不育之海，安全而無水神
踏着死亡，戴着彎彎的永恆
這般純粹的美，太初的藍圖困我
困我在抽象的圓形，夢是半徑
勞倫斯，天譴是一種英雄的絕症
一切地平線爲我彎曲，一切星象
皆繞我運行，我在漩渦的中心

死亡的假面上，留下誰的顏貌？

無答案的疑問，無表情的人面獅像，無方向
的逃亡。　沙漠啊沙漠是一面
死亡之鼓，擂不響絕望
時間之沙在旋轉中荒蕪
風起，風落，當我死時
我就捐自己的瘦削任風去雕塑
雕成網形。　情慾屬於女性
情慾，靈魂的脂肪，唯太陽
可以焙淨。　白骨無罪，神啊
白骨無罪，多情的白肌無知

死亡是破履，勞倫斯啊，永恆
是虛懸的皇冠，唯悲劇的主角始有命運
其他，其他只有過多的脂肪

一點夢，一點點虛榮，和更少的震顫
命運是神的禮品，不能夠擲回星空
「我愛沙漠，這裏非常乾淨」
種不紅薔薇，種不活饕心的水仙
天譴的情人以煉獄爲牀，天譴的戰士
娶沙漠爲新娘。　蜃樓叠起歷史
危險得多麼美麗，拂去風沙，拂去時辰
落日潑血，深陷的蹄印向西

五十三年五月二十六日

月光光

月光光，月是冰過的砒霜
月如砒，月如霜
落在誰的傷口上？
恐月症和戀月狂
迸發的季節，月光光
幽靈的太陽，太陽的幽靈

死星臉上廻光的反映
戀月狂和恐月症
祟着貓，祟着海
祟着蒼白的美婦人

太陰下，夜是死亡的邊境
偷渡夢，偷渡雲
現代遠，古代近
恐月症和戀月狂
太陽的贗幣，鑄兩面側像

海在遠方懷孕，今夜
黑貓在瓦上誦經
戀月狂和恐月症

蒼白的美婦人
大眼睛的臉，貼在窗上

我也忙了一整夜，把月光
掬在掌，注在瓶
分析化學的成份
分析回憶，分析悲傷
恐月症和戀月狂，月光光

五十三年五月三十一日

NOTE

NOTE

五陵少年／余光中著. -- 初版. -- 臺北市：
大地，民70
面：　公分. --（萬卷文庫：99）

ISBN 957-9460-60-4

851.468　　84006923

五陵少年

作　　者	余光中
封面設計	殷登國
發 行 人	吳錫清
主　　編	陳玟玟
出 版 者	大地出版社
社　　址	114台北市內湖區內湖路二段103巷104號
劃撥帳號	0019252-9（戶名　大地出版社）
電　　話	02-26277749
傳　　眞	02-26270895
E-mail	vastplai@ms45.hinet.net
印 刷 者	普林特斯資訊有限公司
初　　版	中華民國七十年八月
一版六刷	中華民國九十五年四月

萬卷文庫 99

大地

定　　價：120元